AF296246

ADAM-MONTAUCIEL,

OU

A QUI LA GLOIRE?

A PROPOS EN UN ACTE,

ET EN VAUDEVILLES,

Par MM. Gersin, de Rougemont et Désaugiers;

Représenté pour la première fois, à Paris, sur le Théatre du Vaudeville, *le 10 Avril 1809.*

Prix : 25 sous.

A PARIS,

Chez FAGES, Libraire du Théatre du Vaudeville, au Magasin de Pièces de Théatre, boulevard Saint-Martin, N°. 29, vis-à-vis la rue de Lancry.

1809.

PERSONNAGES. ACTEURS.

ADAM, Opéra.   M. HYPPOLITE.
ABEL, Opéra.   M. SEVESTE.
LE DIRECTEUR de la troupe des
   Comédiens de Falaise.   M. LENOBLE.
CLIC-CLAC, Entrepreneur de succès.   M. JOLY.
TAQUIN,   ⎰ Acteurs cherchant à ⎱ M. GUÉNÉE.
DOUCETTE, ⎱   se placer.   ⎰ Mlle. RIVIÈRE.
LE MÉDECIN de la troupe de Falaise. M EDOUARD.
LE DÉCORATEUR.   M. FONTENAY.
UN GARÇON DE THEATRE.   Mlle. ROSALIE.
BELLEROSE,   ⎰   ⎱ M. ETIENNE.
FLORICOURT, ⎱ Acteurs de la troupe. ⎰ M. CARLE.
VIRGINIE,   ⎰   ⎱ Mlle. VIRGINIE.
Troupe de Claqueurs.

La Scène est à Falaise.

COUPLET D'ANNONCE.

Air : *Ne crois plus à mon trépas.*

> Quand le père des humains,
> Egayant un peu son style,
> Sous les traits du vaudeville
> Vient se remettre en vos mains ;
> Vous, qui toujours au parterre,
> Ecartant l'humeur sévère,
> Pour notre muse legère
> Fûtes l'ange du bonheur,
> N'allez pas, prenant le change,
> Jouer le rôle de l'ange...
> De l'ange exterminateur.

AVIS.

Tous les Exemplaires, non signés de l'Editeur, seront
réputés contrefaits.

ADAM-MONTAUCIEL.

Le théâtre représente un théâtre en désordre , avec deux armoires postérieures , avec cette inscription : anciens opéras nouveaux , reçus depuis 30 ans. Quelques cartons , une table et plusieurs chaises.

SCENE PREMIERE.

LE DIRECTEUR , *assis ;* FLORICOURT et BELLEROSE , *répétant ;* VIRGINIE , *dansant.*

FLORICOURT.

Elle m'a prodigué sa tendresse et ses soins.

BELLEROSE.

Femmes voulez-vous éprouver ?

VIRGINIE , *dansant.*

Tra , la , deri , dera , tra , la , deri , dera.

LE DIRECTEUR , *impatienté.*

Allons , Messieurs , par égard pour votre directeur , un peu de silence ! allez faire vos roulades , et vos battemens au foyer... Vous savez mon embarras : depuis huit jours que nous sommes à Falaise , nous n'avons pu jouer qu'une seule pièce ; l'année théâtrale finit , mes acteurs me quittent et pour comble de malheur , j'engage un petit amour , il se marie demain ; un père noble , il tombe au sort ; un financier , il reste en gage chez son traiteur , et me voilà avec vingt ouvrages sur les bras et pas un acteur pour les jouer.

BELLEROSE , *déclamant.*

Il s'en présentera , gardez-vous d'en douter.

LE DIRECTEUR.

Oui , c'est cela , mais quand au bout du mois je ne vous paierai pas , nous verrons ce que vous direz.

BELLEROSE.

Ne semble-t-il pas que nous tenions à l'argent ?
nous vous plaindrons , voilà tout... Car vous savez
combien nous vous sommes attachés !

LE DIRECTEUR.

Eh ! bien , mes amis , prouvez-le moi en m'ai-
dant de vos conseils.

TOUS.

Très-volontiers... que ne parliez vous ?

Air : *Qu'un Poète souvent guette.* (de Bancelin.)

Eh ! bien , qu'est-ce ?
Eh ! bien , qu'est-ce ?

LE DIRECTEUR.

Il nous faudrait une pièce.

TOUS.

Quelle pièce ?
Quelle pièce ?

LE DIRECTEUR.

Mais une pièce de fond.

BELLEROSE.

Nous avons Bellérophon ,
Cléopâtre et Fleur d'Epine.

LE DIRECTEUR.

Vous savez tous, j'imagine ,
Ce que ces pièces-là font.

FLORICOURT.

Aucassin et Nicolette ,
Ou le Seigneur Bienfaisant.

LE DIRECTEUR.

Cela ne fait plus recette.

TOUS.

Vous ne pensez qu'à l'argent.

UN GARÇON.

Messieurs , mesdames ?

TOUS , *avec impatience.*

Eh ! bien, qu'est-ce ?
Eh ! bien, qu'est-ce ?

LE GARÇON.

On vous attend
A la caisse.

TOUS , *se levant.*

A la caisse !
A la caisse !

(*Au Directenr.*)

Nous revenons à l'instant.

(*Ils sortent.*)

SCENE II.

LE DIRECTEUR , *seul.*

Quel zèle ! allons , occupons-nous tout seul des intérêts de mon théâtre... et cherchons quelque ouvrage facile à monter , et qui puisse réveiller la curiosité du public... Je joue tous les genres , je puis choisir... voyons mon répertoire. *OEdipe à Colonne !* superbe ouvrage ; mais qui ne le connaît pas ? la *Caverne...* qui ne sait pas cette belle musique par cœur. Cherchons ailleurs. (*Il lit : carton des mélodrames. Il le reprend.*) Ah ! que c'est lourd ! (*Il en prend un.*) Ah ! ah ! voilà un beau titre !.. *le nouveau Nabuchodonosor,* mélodrame à ma-chines... Diable ! ça me conviendrait bien ; mais voyons si j'ai tout ce qu'il me faut pour le jouer.

Air : *de Marcelin.*

Princesse , enfant , esprit , brigand ,
Fleuve , proscrit et forteresse.

(*Il parle.*) C'est trop d'embarras !.. Voyons un autre : *la Fille des deux Pères.*

Forteresse , proscrit , enfant ,
Brigand , fleuve , esprit et princesse.

Encore... ce n'est pourtant pas le même. (*Il le*

rejette, *et en prend un autre , dont il lit le titre.*) Ah ! la *Conquête de Péloponèse.*

Princesse, enfant, brigand, esprit,
Forteresse qu'un fleuve arrose.

Mais c'est donc une gageure !.. (*Il en prend encore un.*) Ah! pour le coup voici du nouveau... la *Caverne de l'Isle des Cyprès !.....*

Brigand, princesse, enfant, proscrit;
(*Il le jette avec impatience.*)
Eh ! c'est toujours la même chose.

Carton de la bonne comédie. (*Il l'ouvre.*) Rien. — Carton des opéras comiques. (*Il l'ouvre et prend un papier sur lequel est écrit :*) Voyez aux mélodrames. — Au diable. (*Il regarde les deux armoires.*) Anciens opéras nouveaux, reçus depuis trente ans... Ah ! je dois trouver là quelque chose de neuf.

Air : *d'une folie.*

Grands personnages trépassés ,
Qu'enveloppe une nuit profonde ,
Et qui depuis long-temps passés
Pour les premiers sujets du monde,
C'est à vous seul que j'ai recours,
Venez, venez à mon secours.

(*On entend frapper trois coups à droite, et trois à gauche.*)

ADAM et ABEL , *qu'on ne voit pas.*

Air ; *au clair de la lune.*

D'une ombre importune,
Daignez m'affranchir.

A B E L.
Je fais ta fortune.

A D A M.
Je puis t'enrichir.

LE DIRECTEUR.
Qui peut de la sorte
Parler en ce lieu ?

A B E L et A D A M.
Ouvres-nous ta porte
Pour l'amour de dieu.

LE DIRECTEUR.

Juste ciel!.. mes opéras qui parlent français !
Quel miracle !
*(Il va leur ouvrir la porte, Adam et Abel sortent de
leur armoire, et se reconnaissent.)*

SCENE III.
LE DIRECTEUR, ABEL, ADAM.

A D A M , A B E L.

Air : *des découpures.*
O destin ! voilà de tes coups !
Rencontre prospère.

A D A M.

Abel ! mon fils !

A B E L.

Adam ! mon père !

T O U S.

O destin ! voilà de tes coups !

A D A M , *à son fils.*

Accours dans mes bras !...

A B E L.

Je tombe à vos genoux.

LE DIRECTEUR.

Secouez, secouez, secouez-vous.

A B E L , A D A M.

Nous craignons de faire
Après quinze ans trop de poussière.

LE DIRECTEUR.

Secouez, secouez-vous.

A D A M , A B E L.

Mais nous en faisons,
Plus que nous n'en ferons.

(8)

LE DIRECTEUR.

Ah ! Messieurs, soyez les bienvenus... J'ai remarqué, depuis quelque temps, que tous les morts faisaient fortune, et vous arrivez fort à propos pour me rendre la vie.

ABEL, ADAM.

Air : *L'un est le fils du sentiment.*

Mais si nous devions rehausser,
Et votre caisse et votre gloire,
Pourquoi donc quinze ans nous laisser
Au fond de cette vieille armoire.

LE DIRECTEUR.

A ces petits désagrémens,
Chez nous il faut par fois s'attendre.

ADAM.

Nous faire dormir si long-temps !

LE DIRECTEUR.

Vous êtes gens à nous le rendre.

ADAM et ABEL.

Qu'appellez-vous, à vous le rendre.

ADAM.

Vous ignorez donc mes moyens de succès ?

Air : *Des portraits à la mode.*

Chez moi le public aura d'abord des fleurs,
De petits enfans de toutes les grandeurs.
Des prédictions, des prières, des pleurs,
Des chants d'une antique méthode.
Puis des cheveux noirs d'une extrême longueur,
De petits souliers d'une extrême blancheur,
Surtout des jupons d'une extrême fraîcheur,
Le tout dans la dernière mode.

LE DIRECTEUR, *à Adam.*

Vous aurez tout cela !...

ABEL.

Et moi donc.

Air : *D'un magistrat irréprochable.*

Empruntant pour plaider ma cause,
Des arts le prestige enchanteur,
Je veux, par mon apothéose,
Enivrer les yeux et le cœur.
Soudain le spectateur qu'embrâse
Ce chef-d'œuvre délicieux,
Saisi d'une divine extâse,
Se croira porté dans les cieux.

LE DIRECTEUR.

Ecoutez donc, Messieurs, d'après tant de belles promesses.

Air : *Jeunes amans cueillez des fleurs.*

Ses droits sont égaux à vos droits,
Son mérite est égal au vôtre,
Et tous les deux je vous reçois.

ABEL.

Oui, mais quel rang sera le nôtre ?

LE DIRECTEUR.

L'un des deux dut-il amuser,
Et l'autre ennuyer le parterre,
Un bon fils ne peut refuser
De céder le pas à son père.

ABEL.

Air : *Savez-vous l'astrologie.*

Le premier je dois paraître.

ADAM.

Qui ? toi ? non, c'est moi, c'est moi.

ABEL.

Vous, le premier, et pourquoi ?

ADAM.

Je veux passer avant toi,
Je dois être ici le maître.

LE DIRECTEUR, ABEL.

Qui, vous ? non, c'est moi.

TOUS.

C'est moi.

ADAM.

Ne suis-je pas ton père ?

ABEL.

Personne ne vous le dispute.

ADAM.

Ne suis-je pas né avant toi ?

ABEL.

Je suis mort avant vous.

ADAM.

J'ai droit d'ancienneté dans ce monde.

ABEL.

Et moi dans l'autre.

ADAM.

Air : *Des Tentations.*

Cher Abel,
D'où te vient tant de fiel ?
Toi, dont le naturel
Est tout miel.
Allons donc,
Soumets-toi sans façon,
Et rentre au fond
De ta prison.

ABEL.

Non,
Malgré ma vertu
Je suis têtu.

ADAM.

Tu m'obéiras,
Tu rentreras,
Tu dormiras.

LE DIRECTEUR.

Calmez ces débats,
Parlez plus bas,
Ou de ce bruit-là
Chacun rira,
Se moquera.

ADAM.

Moi, je dois
Faire valoir mes droits.

ABEL.

C'est mon tour
De reparaître au jour.

ADAM, *le poussant par les épaules.*

Pour le coup
C'est me pousser à bout,
Et te voilà malgré tes cris
Pris.

(*Il le renferme dans l'armoire d'où il était sorti.*)

SCENE IV.

LE DIRECTEUR, ADAM.

LE DIRECTEUR.

Je croyais Abel plus doux que cela.

ADAM.

Autrefois nous étions bons amis, mais depuis notre mort nous vivons mal ensemble. Ah ! çà ne perdons pas de temps, combien de personnes avez-vous à me donner ?

LE DIRECTEUR.

Très-peu ; sans compter plusieurs sujets que j'attends et qui n'arrivent pas.

ADAM.

Tant pis ; car j'ai besoin de bien du monde.

LE DIRECTEUR.

Oui, je conçois ; plus on est de fous plus on rit.

ADAM.

Détrompez-vous ; je ne suis pas gai du tout. J'ai six personnages de rigueur ; d'abord Seth, rôle plein d'âme, de sentiment.

LE DIRECTEUR.

Un jeune homme ?

ADAM.

De six cents ans.

LE DIRECTEUR.

Où voulez-vous que je vous déterre cela ?

ADAM.

Ah ! quand il n'en aurait que quarante, ce serait la même chose.

LE DIRECTEUR.

J'ai un comique qui fera bien votre affaire.

ADAM.

Puis Eve...

LE DIRECTEUR.

Votre femme ?..... Comment vous la faut-il ?

ADAM.

Pas de la première jeunesse, pourvu qu'elle ait seulement huit cent cinquante.....

LE DIRECTEUR.

J'ai une actrice qui ne les a pas encore ; mais qui vous jouera çà très-rondement.

ADAM.

Ensuite Sélime , ma fille chérie, l'innocence même , çà demande un enfant.

LE DIRECTEUR.

Voyons donc ce que je puis vous donner en fait d'innocence. D'abord mon épouse, et puis la femme de ma première clarinette , mais nous pourrons rencontrer mieux que cela.

ADAM.

Eh ! parbleu !... j'oubliais l'essentiel , Caïn.

LE DIRECTEUR.

Quel âge ?

ADAM.

Quelque chose de plus que son frère, huit cens ans.

LE DIRECTEUR.

J'entends , c'est l'aîné. Je ne sais qui vous donner..

ADAM.

Ah ! diable , tant pis , c'est le seul personnage qui donne un peu de mouvement à ma pièce ; ce maudit Caïn me contrariera toujours.

LE DIRECTEUR.

Attendez donc , j'ai entendu parler d'un très-
bon sujet qui cherche de l'emploi.

ADAM.

Où loge-t-il ?

LE DIRECTEUR.

Rue des Mauvaises Paroles.

ADAM.

J'y cours.

Air : *Dans ma jeunesse.*

Fils trop coupable !
Jadis, j'aurais voulu
Ne t'avoir jamais vu,
Hélas ! aurait-on cru,
Qu'un jour j'eusse couru
Après toi , misérable ?
Dieu sait ce qu'il m'en reviendra !
Car malgré ses danses ,
Ses chœurs, ses romances,
Ses décors immenses
Et ses doléances,
Peut-être, hélas ! Adam ira
Avec Caïn , cahin , caha.

(*Il sort.*)

SCENE V.

LE DIRECTEUR , *seul.*

Voici donc mon affaire terminée. (*Il appelle.*)
Holà ! quelqu'un. Portez à mes acteurs la distribu-
tion de ces rôles , et qu'ils s'en occupent de suite.

LE PETIT GARÇON.

C'est-y bien farce , çà, Monsieur ?

LE DIRECTEUR.

Oui , d'une gaîté folle.

LE PETIT GARÇON.

Enfin nous allons donc rire ; à propos , Monsieur, il y a là un grand jeune homme qui vous demande.

LE DIRECTEUR.

Fais entrer.

(Le Petit Garçon introduit M. Clic-Clac.)

SCENE VI.

CLIC-CLAC, LE DIRECTEUR.

CLIC-CLAC.

Moussu lé Directeur.

LE DIRECTEUR.

C'est moi, Monsieur.

CLIC-CLAC.

En cé cas.

Air : *De la Vaudreuil.*

Je viens vous faire
L'offre sincère
De mes talens,
Dans un art nécessaire ;
Seul au parterre
J'ai droit de faire,
Depuis dix ans,
La pluie et le beau temps.

Auteur comique,
Lyrique,
Tragique,
Pour réussir ont recours à ma clique,
Chez Melpomène,
Je me démène,
Je me débats comme un énergumène,
Et chez Thalie,
De la folie,
Mes cris, mes traits,
Offrent tous les accès.

Des pieds, des mains,
Harcelant mes voisins,
J'admire, j'applaudis,
J'entraîne, j'étourdis,

Et jusqu'au dénouement,
Mon œil en mouvement,
Donne enfin le signal
D'un bravo général.

Voilà j'espère,
Un savoir faire,
Qui sans orgueil offre la preuve claire,
Que j'ai dû faire
Dans le parterre,
Depuis long-temps,
La pluie et le beau temps.

LE DIRECTEUR.

Puis-je savoir, à qui j'ai l'honneur de parler ?

CLIC-CLAC.

Jé mé nomme Clic-Clac, entrepreneur en chef dé tous les succès de la capitale, et qui ayant appris que vous vous disposiez à donner uné pièce nouvelle.

LE DIRECTEUR.

Je viens effectivement d'en distribuer les rôles à l'instant même.

CLIC-CLAC.

La manière dont je remplirai le mien dans cette affaire me gagnera, j'espère, votre estime, et j'osé dire votre confiance.

LE DIRECTEUR.

J'accepte vos services ; non que je doute du mérite de l'ouvrage ; mais un peu d'aide fait grand bien.

CLIC-CLAC.

Surtout avec des sujets tels que les miens.

LE DIRECTEUR.

Vous m'en répondez ?

CLIC-CLAC.

Véritable troupe d'élite ; et tous aussi intrépides que moi qui, comme vous le voyez, ne recule pas.

LÉ DIRECTEUR.

Comment, Monsieur, c'est à ce métier-là que vous avez perdu votre œil ?

CLIC-CLAC.

Oui, Moussu, à la défense de *L'Illustre Aveugle.*

LE DIRECTEUR.

Et cette jambe ?....

CLIC-CLAC.

Je l'ai laissée, à la *Bataille de Pultawa*, et je suis prêt à vous sacrifier l'autre ; il faut qu'une pièce marche avant tout.

LE DIRECTEUR

Ah ! monsieur, je serais désespéré d'avoir à me reprocher...

CLIC-CLAC.

Né craignez rien, moussu, je n'aurai plus de jambes que vous mé verriez encore faire feu des quatre pieds pour vous ; ah ! moussu, quand il s'agit de rendre service... Ah ! çà, combien me donnerez vous de places?

LE DIRECTEUR.

Comme à l'ordinaire huit ou dix.

CLIC-CLAC.

Eh ! donc qué dites vous ?.. Sandis, dix, belle vagatelle ! avec céla jé né répondrais seulément pas d'un hémistiche.

LE DIRECTEUR.

Quel est donc votre tarif?

CLIC-CLAC.

Air *d'Arlequin afficheur.*

Avec cent billets, je soutiens
Une petite comédie,
Avec quatre cens, je préviens
La chûte d'une tragédie;
Un drame veut plus que cela,
Il réclame tout le parterre.

LE DIRECTEUR.
Combien donc pour un opéra ? (bis.)
CLIC-CLAC.
La salle toute entiere. (bis.)

Et ce n'est pas de trop.

LE DIRECTEUR.

Et mes recettes , monsieur, les comptez-vous pour rien ?

CLIC-CLAC.

Oui , moussu , pendant les vingt premières représentations c'est sémer pour recueillir.

LE DIRECTEUR.

Je ne comprends pas ce calcul là.

CLIC-CLAC.

Il est tout simple.

Air : *Une Fille est un oiseau.*

Une piece est un enfant
Dont les premiers pas chancelent ,
Et de notre amour appellent
L'appui toujours renaissant ;
Les billets sont les lisieres ,
Dont les secours salutaires ,
Ont aux chûtes meurtrieres ,
Su d'abord les dérober.
Par degrés l'enfant s'avance ,
Et seul enfin il se lance ,
Quand il ne peut plus tomber.

LE DIRECTEUR.

Merveilleuse tactique !

CLIC-CLAC.

Superbe tactique !

(*On entend applaudir dans la coulisse sur l'air et tic et toc.*)

LE DIRECTEUR.

Qu'entends-je ?

CLIC-CLAC.

C'est l'armée qui appelle son général. Eh ! donc vous ai-je menti ?.. Jugez, moussu, par les murmures de l'impatience , de l'explosion du service !.. Permettez que je les introduise. (*Il frappe dans sa main.*)

3

SCENE VII.
Les Précédens , CLAQUEURS.

LES CLAQUEURS.

Air : *Et tic , et toc ,*

Et clic, et clic, et clac,
Et tic, et tic, et tic , et tac,
Claquer ab hoc et ab hac,
Du métier voilà le tact.

CLIC-CLAC.

Dispensateurs de la gloire ,
Prouvez que de la victoire
Vous seuls ouvrez les chemins ;
Et que sans se compromettre ,
Un directeur peut remettre
Sa fortune dans vos mains.

CHOEUR.

Et clic , etc.

CLIC-CLAC.

Quand la pièce est trop mauvaise,
Craignant qu'elle ne déplaise ,
Nous faisons un si grand train ,
Que le public a beau tendre
Ses oreilles pour l'entendre ,
Il n'entend jusqu'à la fin.

CHOEUR.

Que clic , etc.

CLIC-CLAC.

Avant la toile levée ,
Déjà ma troupe arrivée ,
Claque dans le corridor ;
La toile baisse, et la foule
Qui de tout côté s'écoule ,
Dans la rue entend encor.

CHOEUR.

Et clic, et clic, et clac,
Et tic, et tic, et tac,
Frapper ab hoc, et ab hac,
Du métier voilà le tact.

CLIC-CLAC.

Eh ! bien , moussu, êtes-vous content?

LE DIRECTEUR.

Ah! monsieur, pourquoi ceux qui payent n'applaudissent-ils pas comme vous?

CLIC-CLAC.

Dieu nous en préserve! cela nous couperait les vivres , et voyez si nous les volons. (*Il montre ses mains.*) Quatre cloches.

LE DIRECTEUR , *montrant un cabaleur.*

Et monsieur qui n'a l'usage que d'un seul bras , comment fait-il?

LE CLAQUEUR, *se frappant sur la joue.*

Comme cela... ce sont toujours des claques.

CLIC-CLAC.

Eh! donc marché conclu.

LE DIRECTEUR.

Soit : mais je vous recommande...

CLIC-CLAC.

Soyez tranquille , Moussu; aucun mot ne nous échappera.

LE DIRECTEUR.

Je n'en exige pas tant.

CLIC-CLAC.

Il y a les mots de rigueur, l'aurore et les roses dix claques ; la bienfaisance , quinze : et la nature, le quarteron ; nous avons aussi les bravos et les bis ; le manchot , il est pour les *bis.* Sur ce pied là j'ai bien l'honnur d'être... Enfans , saluez Moussu , et suivez votre général.

(*Ils saluent et sortent en chantant.*)

Et clic , et clic , et clac ,

SCENE VIII.

LE DIRECTEUR , *seul.*

Ma foi je sens qu'il est difficile de résister au feu d'une pareille artillerie... Il est dommage seulement que les triomphes qu'on lui doit ne

soient pas toujours légitimes. Jeunes auteurs, quelle
erreur est la vôtre !

Air : De la Chaumière.

A vos ouvrages
Lorsqu'ils prodiguent leurs efforts ,
Que prouvent ces amis à gages ?
Qu'ils sont et plus chauds et plus forts
Que vos ouvrages.

Tous tes ouvrages
MOLIERE furent applaudis ,
Et pour enlever les suffrages
Tu n'eus pas de meilleurs amis ,
Que tes ouvrages.

Quel bruit se fait entendre !

SCENE IX.

TAQUIN, LE DIRECTEUR.

TAQUIN , *il entre en fredonnant.*
Le fils des Dieux , le successeur d'Alcide ,
Thésée arme aujourd'hui pour moi.

(*Il gesticule , et fait toutes les contorsions d'un acteur
de mélodrame. Au Directeur en récitatif.*)
Me reconnaissez-vous à ce délire extrême ?

LE DIRECTEUR.
Oui , vous êtes Taquin.

TAQUIN , *récitatif.*
Justement , c'est moi-même.

LE DIRECTEUR.
Vous sortez de la rue des Mauvaises Paroles ,
n°. 17. Vous habitez le second.

TAQUIN , *récitatif.*
Dites-donc le troisième.

SCENE X.
Les Précédens , DOUCETTE.

DOUCETTE.

Air : *V'là le petit commissionnaire.*

Innocent' comme au village ,
N'ayant qu'une rose en partage ;
J'arrive ici de l'Opéra ,
Me v'la , me v'la ,
D'moi , daignez faire usage ,
Me v'la , me v'la.

LE DIRECTEUR.

Qui vous envoie ici ?

DOUCETTE.

Un grand maigre vieillard , que je ne connais ni d'Eve ni d'Adam.

LE DIRECTEUR.

Ah ! j'y suis ! c'est lui ! en ce cas , vous , Monsieur, qui êtes arrivé le premier , que me demandez-vous pour jouer le rôle qui vous est confié ?

TAQUIN.

Je vous demande dix-huit francs.

LE DIRECTEUR.

Dix-huit francs , Monsieur !

TAQUIN.

C'est à prendre , ou à laisser.

DOUCETTE.

Moi , Monsieur ! votre ingénuité étant de l'âge d'or , cela vaut un louis.

LE DIRECTEUR.

Un louis !

DOUCETTE.

Par représentation ; songez-donc que pendant toute la pièce je parle.

LE DIRECTEUR.

Et vous ne dites rien.

TAQUIN.

Et moi donc qui crie !.....

LE DIRECTEUR.

Vous me faites rire tous deux , avec vos
prétentions ridicules.

DOUCETTE.

Mon rôle ne roule que sur trois mots : *O mon
père !... O ma mère !... O mon frère !...* Vous sentez
qu'il faut de l'adresse pour varier cela.

LE DIRECTEUR.

Elle a raison.

TAQUIN.

Et moi , Monsieur , songez que tout dépend
du premier pas..... Il me faudra un art infini
pour faire applaudir mon entrée. (*Il chante.*)
« *Je suis ton premier né.* » Vous sentez que si je
n'escamote pas ce premier né là , il donne prise
à la critique.

LE DIRECTEUR.

Vous direz tout ce que vous voudrez ; mais dix-
huit francs , un louis !... c'est beaucoup plus que
les rôles ne valent... et ma foi, toute réflexion faite...

Air : *Tôt , tôt , tôt , battez chaud.*

> Pour mourir , je crois entre nous,
>
> Qu'Adam peut se passer de vous,
>
> Car vous ne faites dans la pièce,
>
> Que prier, maudir et bénir,
>
> On vous voit aller et venir,
>
> Sans que l'un ni l'autre intéresse.

Il déchire quelques feuilles du manuscrit.

> Sans façons,
>
> Arrachons ,
>
> Déchirons
>
> Cette page.

TAQUIN et DOUCETTE.

> Quel dommage !

LE DIRECTEUR.

> Cela fait du bien à l'ouvrage.

SCENE XI.
Les Précédens, ADAM.

ADAM.

Eh ! bien , mon cher directeur , j'espère que je
vous ai envoyé deux sujets magnifiques et pas chers.

DOUCETTE.

C'est pour cela qu'on nous reçoit si bien !

TAQUIN , *rendant son rôle.*

Air *des Fleurettes.*

Sachez que l'on m'offense,

Par un honteux refus.

DOUCETTE , *rendant le sien.*
Gardez votre innocence
Qui ne me convient plus.

ADAM , *offrant à Taquin du tabac.*
Mais d'où vient donc ce caprice?

DOUCETTE.
Me faire venir en vain.

TAQUIN.
Le diable emporte Caïn !

Il éternue.

ADAM , *à Taquin.*
Dieu vous bénisse.

DOUCETTE.

Quelle voix pour son âge !

TAQUIN.

Air : *çà n'se peut pas.*
J'aurais entraîné l'auditoire.

DOUCETTE.
Ma voix eût ému tous les cœurs

TAQUIN.
Mais , monsieur ne veut pas nous croire.

DOUCETTE.
Puissiez-vous trouver mieux ailleurs.

TAQUIN , DOUCETTE , *à Adam.*

Au dernier jour de votre vie,
Vous avez besoin de soutien,
Nous vous laissons à l'agonie,
Portez-vous bien.

SCENE XII.
LE DIRECTEUR, ADAM.

ADAM.

Eh ! bien qu'est-ce que cela signifie?

LE DIRECTEUR.

Que pour votre intérêt et le mien je les ai supprimés tous deux.

ADAM.

Comment ! comment !.. il me semble pourtant que leurs rôles étaient...

LE DIRECTEUR.

Trop faibles , et leurs prétentions trop fortes : d'ailleurs ne vous reste-t-il pas votre second fils?

ADAM.

Pour ce qu'il dit !....

LE DIRECTEUR.

Votre femme ?

ADAM.

Pour ce que j'en fais !....

LE DIRECTEUR.

Votre petit enfant.

ADAM.

Pour ce qu'il chante !...

SCENE XIII.
Les Précédens, LE MÉDECIN.

LE DIRECTEUR.

Eh ! mais, que nous veut le médecin de la troupe ?

LE MÉDECIN.

Air : *du Vaudeville de M. Guillaume.*

Cher directeur, une fièvre subite,
Retient au lit quatre de vos acteurs ,
Et de la troupe c'est l'élite.

ADAM, LE DIRECTEUR.

Mais c'est donc malheurs sur malheurs ! (bis.)

LE MEDECIN.

C'est Floricourt , Bellerose et sa femme.

(25)

LE DIRECTEUR.

Qui devaient tous trois nous servir.

LE MEDECIN.

Et chacun d'eux à la fois me réclâme.

ADAM et LE DIRECTEUR.

Ah! c'est pour en mourir!

LE DIRECTEUR.

Eh ! bien morbleu... la pièce ira. Après tout je ne vois pas l'utilité de tout ce monde là... Ah ! messieurs les malades vous croyez qu'on ne peut pas se passer de vous ? Attendez , nous verrons. (*Il prend le manuscrit et le parcourt.*) Voici d'abord deux scènes fort peu nécessaires à l'action, je puis donc... (*Il déchire.*) En voici trois autres qu'on peut supprimer sans nuire aux plaisirs du public...*Comme il dort d'un sommeil...*(*Il déchire.*) Et puis ces deux scènes de lamentations , (*Il déchire.*) voilà ce que c'est !.. De cette manière , vous chancelez au premier acte , vous palissez au second , et vous tombez au troisième..... Que faisiez-vous de plus avant ?..

(*Adam chancelle et tombe dans les bras du médecin.*)

LE MÉDECIN.

Arrêtez, directeur , il n'en peut plus.

Air : *N'en demandez pas davantage.*

Les danses , les chants et les fleurs ,
Echauffaient un peu son vieil àge,
Privé de leurs charmes flatteurs ,
Il joue un triste personnage.

ADAM.

Ah ! je sens trop bien ,
Que je n'ai plus rien...
Ne m'en ôtez pas davantage.

LE DIRECTEUR.

Cher docteur !... Vite une ordonnance.

LE MÉDECIN , *écrivant.*

M'y voilà , m'y voilà.

Air : *Du ballet des Pierrots.*

Il faut à ce grand personnage,
Quinze cassollettes d'encens ,

Quatre cents aunes de nuages,
Soixante chérubins dansans ;
Un chœur de céleste louanges,
Dans les airs un trône élevé ,
Des feux sacrés , des grouppes d'anges,
Et grace au ciel il est sauvé.

Portez cela à l'apothicaire... Je veux dire au machiniste.

ADAM.

Vous croyez donc que cela me fera du bien ?

LE MEDECIN.

Du bien !... Vous seriez mourant à dix heures , qu'à dix heures un quart vous vous trouveriez sur pied.

ADAM , *criant.*

Le peintre , le décorateur , le machiniste!... à moi !... arrivez tous !

SCENE XIV.

Les Précédens, LE DÉCORATEUR.

LE DÉCORATEUR.

Eh ! bien quoi ?... Qu'est-ce ? Qu'y a-t-il ?

ADAM.

Air : *Mon père était pot.*

Je suis menacé du trépas,
Sans votre ministère,
Adam se jette dans vos bras,
  Soyez son second père ;
  Dans les cas urgens,
  On sait quels talens,
Quels bienfaits sont les vôtres,
  Cher décorateur,
  Soyez mon sauveur.

LE DECORATEUR.

J'en ai sauvé bien d'autres.

Que vous faut-il ?

ADAM.

Lisez ; voilà ce que le médecin m'ordonne de prendre.

LE DÉCORATEUR.

Eh ! bien , Monsieur , c'est une gloire ; ma foi,
vous ne pouviez pas mieux tomber , j'ai précisé-
ment cette gloire là.

ADAM.

Telle que je vous la demande.

LE DÉCORATEUR.

Absolument.

ADAM.

Pour quel ouvrage l'aviez-vous déjà faite ?

LE DÉCORATEUR.

Air : *Eh ! lon , lan , la.*

Je n'ai plus dans ma mémoire,
Le nom de cet opéra ,
Mais qu'importe , j'ose croire ,
Que dès qu'elle paraîtra ,
  Eh ! lon , lan , la ,
  De cette gloire ,
  Eh ! lon , lan , là ,
   On parlera.

Je réponds de la victoire,
Avec ce talisman-la ,
Et si chez vous l'auditoire
Ne vient pas pour l'opéra,
  Eh ! lon , lan , la ,
  C'est pour la gloire ,
  Eh ! lon , lan , la ,
  Qu'il y viendra.

Pour poème un long grimoire,
Pour musique un libéra ,
De cent pièces , c'est l'histoire,
Mais le machiniste est là ,
  Eh ! lon , lan , la,
  Qui fait la gloire ,
  Eh ! lon , lan , la ,
  De l'Opéra.

LE DIRECTEUR.

Mon ami , dépêchez-vous.

LE MÉDECIN.

Vous voyez dans quel état il est.

A D A M.

Oui, car sans votre secours ; je craindrais.....

Le Décorateur donne un coup de sifflet , et la gloire descend. On entend Abel crier , se démener dans l'armoire , en prononçant ces mots.

Arrêtez , arrêtez !... (*Il enfonce la porte.*)

LE DIRECTEUR.

Quel bruit ?

A B E L.

Arrêtez donc.

Air : *ah! maman* , etc.

Rendez-moi , rendez-moi cette gloire ,
   Messieurs , je soutien
   Qu'elle est mon bien ,
   On doit m'en croire ;
Rendez-moi , rendez-moi cette gloire,
Tout mort que l'on soit,
On sait encor venger son droit.

A D A M,

Air : *Lise épouse l'beau Gernance.*

Quel acharnement extrême ,
De la part d'un fils que j'aime !

A B E L.

Si de vous j'étais chéri ,
Vous conduiriez-vous ainsi ?
Vous au ciel , moi sur la terre ,
Cela nous séparera.

A D A M.

Un bon fils, un tendre père,
N' connaiss'nt pas ces distanc's-là.

A B E L.

Attrape minette que tout cela !

A D A M.

Attrappe minette !... Fils dénaturé , tu me pousses a bout !...

A B E L.

Eh ! bien ?...

A D A M.

Air : *Tu n'auras pas petit polisson.*

Tu n'auras pas , petit Abel ,
L'honneur de supplanter ton père.

ABEL.

Vous n'aurez pas , père cruel ,
La gloire de monter au ciel.

LE DIRECTEUR.

Quel scandale affreux !

LE MÉDECIN.

Quels débats honteux !

ADAM.

Le traître préfère ,
Sa gloire, à son père.

ABEL.

Puis-je froidement,
Voir un firmament ,
A moi destiné ,
Me passer sous le nez ?
C'est bien à vous , père cruel ,
De l'emporter dans cette affaire !
Vous n'aurez pas , avant Abel ,
La gloire de monter au ciel.

ADAM.

Tu n'auras pas , petit Abel ,
L'honneur de supplanter ton père ,
Tu n'auras pas, petit Abel,
La gloire de monter au ciel.

Abel et Adam se débattent , Abel pousse son père dans l'armoire , et l'enferme.

ABEL.

Air : *Je suis un chasseur plein d'adresse.*

Cher directeur , à cette affaire ,
Croyez que vous ne perdrez rien.

LE DIRECTEUR.

Eh ! que m'importe, fils ou père ,
Pourvu que cela tourne à bien.

ABEL.

Je vais sur la voûte éthérée,
Enchanter la troupe sacrée,
Par un bel air , en sol mineur,
Qui me fera beaucoup d'honneur.
Ah ! comme je serai chéri !
Ah ! comme je serai fleuri !
Ah ! comme je serai nourri !

L'orchestre joue l'air : va-t-en voir s'ils viennent , Jean , et pendant qu'Abel a chanté le couplet, Adam est sorti de l'armoire, que le médecin lui a ouverte, s'est assis sur le nuage, et s'enlève au moment où Abel veut s'y placer, de manière que ce dernier tombe à terre.

ABEL, *se relevant.*

Je suis joué !

LE DIRECTEUR.

Au contraire, vous ne le serez pas.

ABEL.

Air : *Vive le vin de Ramponneau.*

Oh ! quelle affreuse trahison !
Et de la part d'un père,
Jamais à son fils osa-t-on,
Faire un trait de cette façon ?
Non.

CHOEUR.

Le tour n'est point paternel,
Mais il est naturel
De saisir l'avantage,
Voyez le malin vieillard,
Comme il est goguenard,
Et gaillard
Pour son âge !

ABEL.

Oh ! quelle affreuse trahison ! etc.

CHOEUR.

Cette petite trahison
A droit de vous déplaire,
Mais contre un père, Abel, doit-on
Se fâcher de cette façon ?
Non.

SCENE XV.

Les Précédens, TAQUIN, DOUCETTE et autres ACTEURS et ACTRICES.

Air : *Bonne Fête M. Denis.*

CHOEUR.

Bon voyage, mon cher Abel,
On va dit-on vous élever aux nues,

Bon voyage , mon cher Abel,
Envoyez-nous des nouvelles du ciel.

A B E L.

Vos complimens sont paroles perdues ,
On m'a joué le tour le plus sanglant.

C H O E U R.

N'est-ce pas vous qui montez dans les nues ?

A B E L.

Eh! non, messieurs , regardez, c'est Adam.

C H O E U R.

En ce cas là. (*Regardant en l'air.*)
Bon voyage ,
Mon cher Adam ,
Comme les airs font aller son nuage !
Bon voyage ;
Mais sois prudent ,
Le moindre vent
Peut culbuter Adam.

D O U C E T T E.

Air : *du Vaudeville d'Arlequin Musard.*
Du sort de ce vieillard honnête ,
Un seul moment a décidé ,
Aux vents qui menaçaient sa tête ,
Le calme a déjà succédé.

T A Q U I N.

Tout droit du ciel il prend la route ,
Si vous m'en croyez, mes enfans ,
Regardez le bien , car sans doute ,
On ne le verra pas long-temps.

S C E N E X V I et dernière.

Les Précédens , ADAM, *au paradis.*

A D A M , *appelant.*

Abel , Abel, mon fils Abel !

T O U S.

Qu'est-ce ?

A B E L , *rentrant.*

Est-il tombé ?

ADAM.

Ah ! je t'avais bien dit que je serais au paradis
avant toi ?

Air : *Eh ! gai, gai, etc.*

Eh ! gai, gai, gai, sans désespoir,
Vois le succès d'un père,
Eh ! gai, gai, gai, bien le bon soir,

(*au Public.*)

Vous, messieurs au revoir.

ABEL.

Il triomphe, qu'y faire ?
Faut-il s'en chagriner,
Après tout, c'est mon père,
Je dois lui pardonner.

TOUS, *à Abel.*

Eh ! gai, gai, gai, sans désespoir,
Vois le succès d'un père,
Eh ! gai, gai, gai, bien le bon soir,

(*au Public.*)

Vous, messieurs, au revoir.

F I N.

www.ingramcontent.com/pod-product-compliance
Ingram Content Group UK Ltd.
Pitfield, Milton Keynes, MK11 3LW, UK
UKHW022232070726
13613UKWH00004B/1898